O rapaz do metrô

Poemas para jovens em
oito chacinas ou capítulos

Sérgio Capparelli

1ª edição

—— Galera ——
RIO DE JANEIRO
2014

CIP-BRASIL. CATALOGAÇÃO NA PUBLICAÇÃO
SINDICATO NACIONAL DOS EDITORES DE LIVROS, RJ

C247r

    Capparelli, Sérgio, 1947-
        O rapaz do metrô: poemas para jovens em oito chacinas ou capítulos / Sérgio Capparelli. - 1. ed. - Rio de Janeiro: Galera Record, 2014.

    ISBN 978-85-01-10243-0

    1. Poesia brasileira. I. Título.

14-08565   CDD: 869.91
                                                          CDU: 821.134.3(81)-1

Copyright © 2014 Sérgio Capparelli

Todos os direitos reservados.
Proibida a reprodução, no todo ou em parte, através de quaisquer meios.
Os direitos morais do autor foram assegurados.

Texto revisado segundo o novo Acordo Ortográfico da Língua Portuguesa.

Projeto gráfico de miolo e capa: Tita Nigrí

Direitos exclusivos desta edição reservados pela
EDITORA RECORD LTDA.
Rua Argentina 171 - Rio de Janeiro, RJ - 20921-380 - Tel.: 2585-2000

Impresso no Brasil
ISBN 978-85-01-10243-0

Seja um leitor preferencial Record.
Cadastre-se e receba informações sobre nossos
lançamentos e nossas promoções.

EDITORA AFILIADA

Atendimento e venda direta ao leitor:
mdireto@record.com.br ou (21) 2585-2002

Sérgio Capparelli

O rapaz do metrô

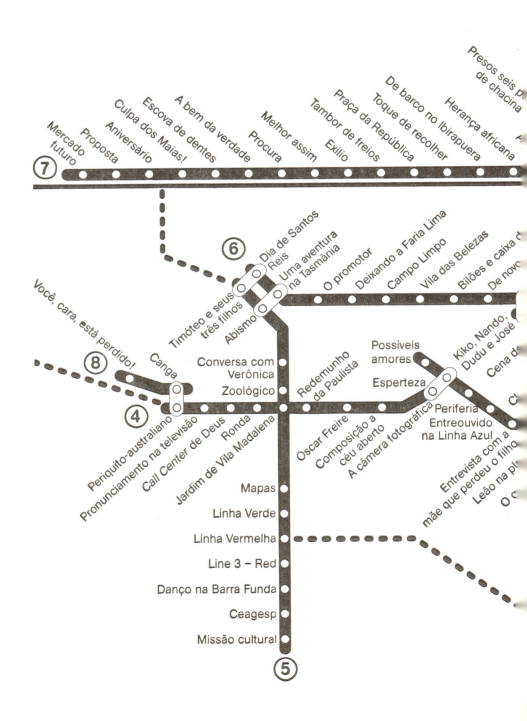

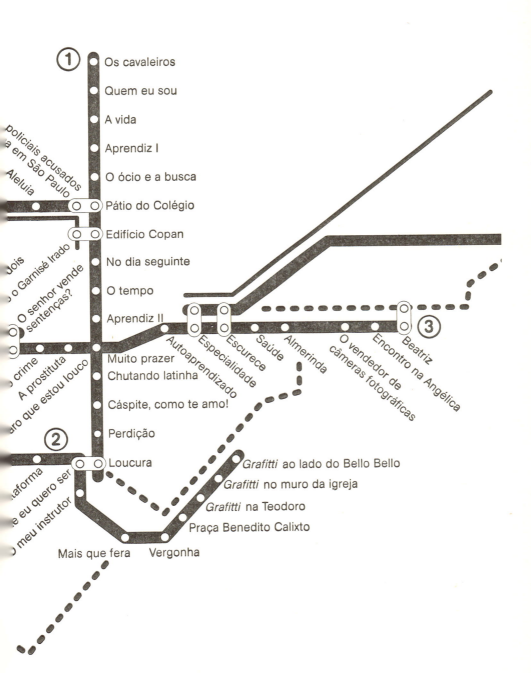

Tutu Marambá,
Não venhas mais cá,
Que o pai do menino
Te manda matar.

Sumário

Primeira chacina ou capítulo um ⟨15⟩

17 Os cavaleiros
18 Quem eu sou
20 A vida
21 Aprendiz I
22 O ócio e a busca
23 Pátio do Colégio
24 Edifício Copan
25 No dia seguinte
26 O tempo
27 Aprendiz II
28 Muito prazer
29 Chutando latinha
30 Cáspite, como te amo!
31 Perdição
32 Loucura

Segunda chacina ou capítulo dois ⟨33⟩

35 Possíveis amores
37 Esperteza
38 Periferia
39 Entreouvido na Linha Azul
40 Entrevista com a mãe que perdeu o filho
41 Leão na plataforma
43 O que eu quero ser
44 O meu instrutor
45 Mais que fera
46 Vergonha
47 Praça Benedito Calixto
49 *Grafitti* na Teodoro
50 *Grafitti* no muro da igreja
51 *Grafitti* ao lado do Bello Bello

Terceira chacina ou capítulo três (53)

55 Kiko, Nando, Du e José

57 Cena do crime

58 A prostituta

60 Claro que estou louco!

61 Autoaprendizado

62 Especialidade

63 Escurece

64 Saúde

65 Almerinda

66 O vendedor de câmeras fotográficas

67 Encontro na Angélica

68 Beatriz

Quarta chacina ou capítulo quatro (71)

73 Periquito-australiano

74 Pronunciamento na televisão

75 *Call Center* de Deus

81 Ronda

82 Jardim de Vila Madalena

83 Redemunho da Paulista

84 Oscar Freire

85 Composição a céu aberto

86 A câmera fotográfica

Quinta chacina ou capítulo cinco

- 89 Timóteo e seus três filhos
- 90 Abismo
- 91 Conversa com Verônica
- 92 Zoológico
- 93 Mapas
- 94 Linha Verde
- 95 Linha Vermelha
- 96 Line 3 – Red
- 97 Danço na Barra Funda
- 98 Ceagesp
- 99 Missão cultural

Sexta chacina ou capítulo seis

- 103 Dia de Santos Reis
- 104 Uma aventura na Tasmânia
- 106 O promotor
- 110 Deixando a Faria Lima
- 111 Campo Limpo
- 112 Vila das Belezas
- 113 Bilões e caixa dois
- 115 De novo o Garnisé Irado
- 116 O senhor vende sentenças?

Sétima chacina ou capítulo sete 119

121 Mercado Futuro
122 Proposta
123 Aniversário
124 Culpa dos Maias!
125 Escova de dentes
126 A bem da verdade
127 Procura
128 Melhor assim
129 Exílio
130 Tambor de freios
131 Praça da República
132 Toque de recolher
133 De barco, no Ibirapuera
134 Herança africana
136 Aleluia
137 Presos seis policiais acusados de chacina em São Paulo

Oitava chacina ou capítulo oito 139

141 Você, cara, está perdido!
142 Canga

Posfácio 143

145 Direitos Humanos e Aplicação da Lei

146 O respeito aos Direitos Humanos dificulta o trabalho da polícia?

149 Bibliografia

Primeira chacina ou capítulo um

- Os cavaleiros
- Quem eu sou
- A vida
- Aprendiz I
- O ócio e a busca
- Pátio do Colégio
- Edifício Copan
- No dia seguinte
- O tempo
- Aprendiz II
- Muito prazer
- Chutando latinha
- Cáspite, como te amo!
- Perdição
- Loucura

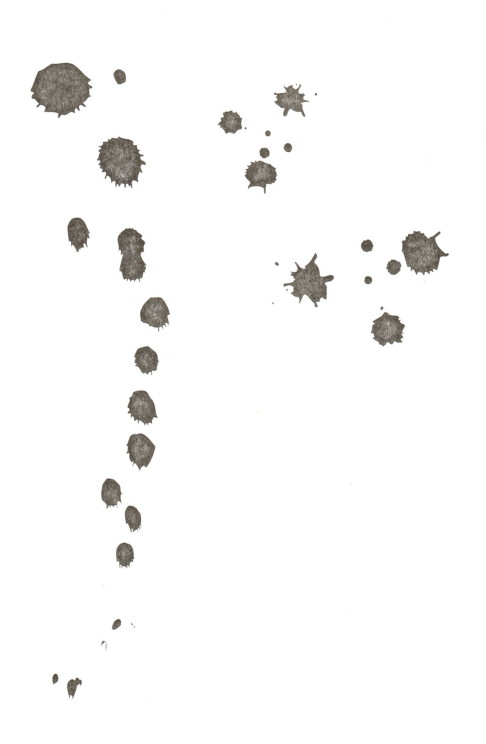

Os cavaleiros

Chegaram quatro
Em cavalos de gelo.
Portavam dois deles
Fuzis de brinquedo.

De negros capuzes.
Os olhos cegos.
Ou vesgos. E atiraram.
Cada bala, um beijo.

Então se contorceram
Bonecos e titeriteiros.
E de cada peito jorrou
Um sangue vermelho.

Foram-se os cavaleiros
Por entre ruelas e becos.
Rubras, as suas mãos,
Com sangue já velho.

Quem eu sou

Dezesseis anos
Bem distribuídos.

Boa parte nos braços
Boa parte em abraços
Em todos os sentidos.

II

Já fui saco de pancada
Mas não sou mais.

Quando me irrito,
Solto fogo pelas ventas.

Eu tô que tô
E, se quiser provar,
Tenta.

Mas me contenho.
Ah, como me contenho,

(Estou sempre ocupado
Com a manutenção
Do sistema de freios.)

Quanto aos infortúnios,
Bato-os todos de frente.

E faço viagens. Muitas viagens.
Fitando o teto de meu quarto.

Escapulo.

Logo volto à razão
De anos bem vividos,

Entre a casa e o trabalho,
Entre a escola e os amigos.

A vida

A vida é bela,
mas sempre
duro osso.
Não posso
me queixar
porque ouso
dentro dela
até o pescoço.

Aprendiz I

Calça e camisa cinza
De brim.

Bota com ponteira
De aço.

Pezão
(Dizem que sou pezão.)
Calço 42.
Aprendiz
De manutenção.

O ócio e a busca

Quando de folga, sem o que fazer, pego meu passe e saio a
[passeio
Por debaixo da terra. Sem qualquer objetivo. Vou do Jabaquara
Ao Tucuruvi, volto, na Sé entorno, passo para a Linha Verde
E emerjo triunfante na Barra Funda. Fico pouco. Olho os
[passantes.
Observo o entorno, contabilizo nuvens, reconstruo edifícios.
Tudo em ordem. Afundo dentro do chão. Duas estações
[adiante
Embico pela Linha Vermelha. Se me canso, repasso um gibi
Do Homem-Aranha, leio sobre a Sibéria, Tasmânia ou Campo
[Limpo.
Aparece uma pessoa idosa, como meu pai ou meu avô, por
[exemplo,
De mãos calosas, pele curtida pelo trabalho desde criança,
[cedo o assento.
E tento estudar inglês ou gramática segurando-me na barra
[de apoio.
Acho que às vezes durmo, pois acordo em lugares im-
[prováveis
Vila Madalena, Paraíso, Baltazar Fidélis ou Corinthians-
[Itaquera.
Como vim parar aqui? me pergunto e, sonâmbulo, como fiz a
[conexão?
Voei no túnel que nem morcego ou um anjo me trouxe
[pela mão?
Não sei responder e depois esqueço. Por quê? Está bem
[assim.
Pois tenho passe e passo o tempo no passatempo in-
[cógnito,
Como tatu, minhoca, formiga, toupeira que levam a vida
[inteira
De estação em estação, tentando relembrar o que é ser
[feliz.

Pátio do Colégio

De manhã choveu
    e as lajes da praça ainda luzidia
esperam os passos de muitos,
    observados de longe
por Nóbrega e o seu noviço.
    Eu, espia do tempo, espio
o templo e o colégio – daí o nome –
    memória e precipício.

Edifício Copan

Um edifício
      que ondula
saudades
      do mar

No dia seguinte

No dia seguinte
À chacina
A vila acordou
Horrorizada.

Quem eram?
Um dos bilões
Na contabilidade,
Caixa dois?

Um matador
Do tráfico,
Para servir
De exemplo?

Mas certo,
O trem não para
Ou avança
Fora da linha.

Comer, dormir e estudar
Comer, dormir, estudar
Comer, dormir, estudar

E se ouve, bem cedo,
De janela a janela:
Começou de novo
A matança, vizinha!

Na gíria policial, bilões são os policiais mais violentos. Caixas dois são os grupos de extermínio de cada batalhão. Trabalham com viaturas de apoio, que passam para recolher as cápsulas logo depois do serviço concluído. Os comerciantes são aconselhados a lavar o local. Objetivo: alterar a cena do crime. Às vezes levam "kit vela", para forjar flagrantes. Depois do caixa dois tem o caixa três, ou mortes por encomenda. A modalidade é chamada de "firma".

O tempo

O tempo que às vezes acelera
Parece que se desespera
E retorna lento, muito lento.

Por fim se fragmenta.

O dia é um mosaico
De coisas há muito esquecidas
Lado a lado, sem costura.

E então de novo ele tenta

Reinventar-se na fieira dos fatos
Mas um pé de vento o desacelera
E de novo ele ralenta.

Paro, penso e me espavento.

Pareço um bêbado. E a vida
Acho curta, muito curta
Para tão vastos desejos.

Viro estilhaço, me fragmento.

Aprendiz II

Mecânico
De manutenção

Em Água Amarela.

Logo eu,
Que custo
A me manter!

Muito prazer

É ela, Verônica!
Disse o instrutor.

E vejo aquela mulher
Aquela moça, menina
E meu coração desatina
E quer me sair pela boca.

É ela, Verônica,
Disse o instrutor.

Faz parte da equipe
No aprendizado dos freios
No Parque de Água Amarela.

Cuidado, parece advertir.

Taquicárdico (eu não sabia)
O meu coração alucinado,
Bate forte, ofegante,
Num mundo recém-inaugurado.

Era muito, era tudo
E mais um pouco.

E ela ainda nem sabe!

Chutando latinha

Chutar a vida
Como outras pessoas chutam
Latinhas

Resvalam
Minhas cismas pelas calçadas
De São Paulo

Madrugada.

Cáspite, como te amo!

I love you, disse,
De pura brincadeira
I love you, I love you
E a pensar fiquei.

Por que digo *I love you*,
Se eu nunca *I loviei*?

II

Como se exclamasse
"cáspite!" "cáspite!"
E acrescentasse "cáspite!"
Por que exclamo cáspite
Se o que é cáspite não sei?

Corri ao Antônio Houaiss
E logo identifiquei:
[Interj exprime admiração ou espanto
Às vezes com um pouco de ironia]
Fechei o dicionário.

III

Cáspite, cáspite
Por que exclamo assim
Se nunca caspitei?

Mas meu coração batia
Batia tanto que nem sei:
Cáspite, como te amo
Isto sei como ninguém,
Só ignorava que te *I loviar*
(Eu, que nunca *I loviei*)
Me fazia tanto bem!

Perdição

Quando ela se inclina,
No exame dos filamentos,
Aperta pinos e ajusta bielas
E vai com a mão à barra do freio
É como se manuseasse
Partes muito íntimas.

Loucura

Gosto de andar por São Paulo
De cada ponto faço uma pousada
De cada pousada, uma estação.

Dizem que sou louco. São Paulo? Concreto?
Grafitti? O trânsito?
E respondo: me faz bem o cheiro de óleo diesel.

Não o óleo diesel em si, mas a pressa.
A agitação. As nuvens brancas lá no céu
E nos edifícios de concreto e vidro.

Por isso andar por São Paulo
E em cada ponto, uma pousada
E em cada pousada, uma emoção.

E o verde? E o ar puro da manhã
Que sopra à beira-mar? E quando, na primavera,
Pela rosa, sente vertigem o colibri?

Gosto. Mas gosto também
Das ondas suaves do Edifício Copan
Com as suas saudades do mar.

Ontem, numa feira popular,
Um vendedor perúlico
Grugulejava rú-rú-rú-rú-rúcula e agrião.

E as mãos que fritavam pastéis
Em grandes tachos de cobre
São as de minha mãe, um dia.

O que estará fazendo mamãe a essa hora?

Segunda chacina ou capítulo dois

- Possíveis amores
- Esperteza
- Periferia
- Entreouvido na Linha Azul
- Entrevista com a mãe que perdeu o filho
- Leão na plataforma
- O que eu quero ser
- O meu instrutor
- Mais que fera
- Vergonha
- Praça Benedito Calixto
- *Grafitti na Teodoro*
- *Grafitti no muro da igreja*
- *Grafitti ao lado do Bello Bello*

Possíveis amores

Silenciosa, agora, essa esquina,
Depois da última chacina.

Nela os jovens se reuniam, alegres,
E falavam sobre um dia de trabalho
Mentiam sobre possíveis amores,
Dor nos cornos e dias melhores.

Silenciosa, agora, essa esquina,
Depois da última chacina.

Nando tinha virado evangélico.
Queria ser pastor e estudava a Bíblia.
Álcool? Nem pensar. Sempre em casa.
Tinha saído pra entregar um boné.

Silenciosa, agora, essa esquina,
Depois da última chacina.

Kiko, por exemplo, ia se casar,
Com a Cleci, sim, ela mesmo,
Filha de Donana e de Seu Valteci:
Cleci, uma moça belíssima!

Silenciosa, agora, essa esquina,
Depois da última chacina.

Du sonhava com uma moto
Para evitar os ônibus sempre lotados.
Ia a pé para o trabalho, economizar, dizia,
E, na hora do ataque, falava de viagens.

Silenciosa, agora, essa esquina,
Depois da última chacina.

E chegaram. Com fuzil de assalto
Revólveres calibre quarenta e oito.
Sentiu o ferro das balas, o Du,
E na sua memória, a moto veloz.

Meio minuto depois chegou a ronda,
Recolheu corpos, cápsulas e se foi.

Esperteza

Verônica disse, olha aquela, e olhei
A esperta, que ocupava assento de grávidas,
Idosos e obesos, fingindo-se de morta.

Sempre assim. O nosso esporte preferido,
Descobrir manhas e artimanhas desses viajantes
Que no metrô se fazem de desentendidos.

Pessoas fortes, completas, saudáveis
Que sentam nos lugares reservados às grávidas
E ainda olham para elas, distraídas.

Olhei de novo. Aquela não estava morta.
Mas quase. Via seu peito erguer-se em ondas,
Como se naquele instante estivesse no mar.

Era uma mulher. Mãos calosas. Pele curtida.
Aspecto de quem há muito não dormia, filho doente,
E o cansaço empoçado de uma dor antiga.

Periferia

As flores
Na periferia
Vingam desenvoltas

Entre pedras,
E são testudas,
Suas pétalas.

Entreouvido na Linha Azul

Essas chacinas
Perturbam
A minha rotina.

Melhor não acontecessem.

Entrevista com a mãe que perdeu o filho

As mortes
Doem em nós
Muito mais
Que nos jornais!

Leão na plataforma

A composição do metrô entra no átrio
Como um touro em exposição rural.
Mas aqui não é cidade do interior,
Apenas grandes edifícios de aço e vidro
A cercar o Parque de Água Amarela:
Onde pastam touros de aço
À espera de uma entrada triunfal
Pelas seis plataformas do galpão.

Como eu disse, um touro imponente...
Pensando bem, em vez de touro, leão,
Um leão possante que entra no galpão
E que conhece seu território e a sua força,
Com garras em 3D, altíssima resolução,
Basta um clique decidido e seu rugido
Fará do nascer do sol um poente,
Tamanha vergonha o astro rei sentiria

E ali estávamos, para recebê-lo.
Uma vibração no ar, ou no peito,
Só posso dizer que com o leão
Eu também crescia, também rugia,
Como se fosse eu o seu criador
E que juntos iríamos pelos túneis,
Revigorados, freios em ordem,
Para vistoriar estações do metrô.

E súbito, cores vivas nas janelas
Como em dias de comemoração pátria,
Chiou nos trilhos, onça-pintada, fera
A percorrer aqueles túneis verdes,
Com heras, lianas, árvores copadas,

Criando-lhes abóbodas, e a composição
De onça a rugir pela Linha Amarela
O seu esplendor de fera, e em cada estação
Marcas metódicas do seu território.
Eu me empolguei e na plataforma
Eu também me transformei em fera
Ou carrossel, ou trilhas ou gigantesca
Serpente que nos trilhos se estendia,
Até que a composição do metrô
Tocou a barra de aço que impedia
Um avanço para além da razão,
E, ciente de seus limites, se imobilizou.

E imóvel compreendeu a diferença
Pois dependia de nós para prosseguir.
E mais murchou porque eu, logo eu,
Iniciante, ergui a caixa de ferramentas
Com chaves Gedore ou Belzer, não sei bem,
Um paquímetro e panos de limpeza
Avancei por baixo do ventre da fera
Que cheirava a queimado de freio.

E leão, cobra, onça, touro ou jaguar,
Paciente esperou, se bem que bufava,
Pois, como o leão com espinho na pata
Da fábula, sabia do travamento das pinças,
Da dor insuportável do atrito no disco
De freio, e a certeza de que só um humano,
Mesmo aprendiz, poderia lhe devolver
A amazônica grandeza da savana africana.

O que eu quero ser

E foi então que eu disse:
Nossa, quando eu crescer
Quero ser como essa fera
A bufar sobre os trilhos.

Afio as minhas garras
Deixo as grades e me vou

Quero viver vida grande,
Veloz, no meu destino
De estação em estação.
Recuso vida pequena!

Rujo livre, em liberdade,
A potência do meu motor.

O meu instrutor

Olhou-me de maneira esquisita,
Meu instrutor.

De início, nada disse,
Mas depois comentou:

Primeiro temos de domar
As feras de nós mesmos.

A doma, disse ele, é difícil
A fera é sempre fera, recusa-se a aprender

Mais que fera

E às vezes devora o domador.

Aí é que você se engana,
Engana-se e perde a razão
Esse monstro, essa fera
Tem de comer na nossa mão.

O homem é muito mais!

Vergonha

Passo ou não passo? No espelho
Minha imagem confirmou que passaria.
Eu era branco e a força-tarefa, armada,
Triava apenas os negros e os pardos.

Estava na ordem do dia. Abordagem
De pessoas de cor parda ou negra.
E eu era quase branco. E como branco
Bati a porta e fui para a rua, tranquilo.

Neste momento senti a vergonha.
De ser gente. De ser homem. De ter
Um passe baseado na cor da pele.
E súbito quis também ser negro

Como papai, e mostrar que insurgia
Contra a triagem étnica ou de raça
No país em que vivia e tanto amava:
Refiz meus passos com um nó na garganta.

E expliquei, pai, não aguento, pai,
E ali fiquei a examiná-lo, e papai
Tinha uma cor mais escura,
Feita de raça, de suor e de trabalho.

Praça Benedito Calixto

Hoje fui conhecer
A Praça Benedito Calixto
Não sozinho, com Beatriz,
De quem gosto, logo existo.

E nós cantamos
E nós dançamos
E nós comemos.

Cheia, que nem sardinha
Uma vizinha pergunta aqui
E a outra ali, descabelada,
Diz que não sabia de nada.

Rádios antigos, virtuais,
Balangandãs, penduricalhos
Turíbulo e turiferário
E a promessa do paraíso

E nós cantamos
E nós dançamos
E gargalhamos.

A dentadura de Napoleão,
A Nau Capitânia de Cabral
Mais um diploma de doutor
Embrulhado num jornal

E nós cantamos
E nós dançamos
E nós comemos.

Com os olhos e a boca,
Aipim, charque, acarajé,
Máscaras de carnaval
E até uma pipa colorida.

E nós cantamos
E nós dançamos
E gargalhamos.

Grafitti na Teodoro

Os bandidos decretaram
O toque de recolher,
Falta tudo aqui em casa,
Falta tudo, menos você.

Grafitti no muro da igreja

Vocês pensam que nos matam
Ao nos ouvir pedir socorro?
Escutem bem, estamos vivos
E iremos cobrar em dobro!

Grafitti ao lado do Bello Bello

A coisa está preta, Bello,
Ninguém sabe quem é o bandido
Se quem mata a céu aberto
Ou quem mata escondido.

Terceira chacina ou capítulo três

- Kiko, Nando, Du e José
- Cena do crime
- A prostituta
- Claro que estou louco!
- Autoaprendizado
- Especialidade
- Escurece
- Saúde
- Almerinda
- O vendedor de câmeras fotográficas
- Encontro na Angélica
- Beatriz

Kiko, Nando, Du e José

>>>>>>>

Não tenho câmera, explico,
Pega a minha, diz Beatriz.
Onde está? Você sabe, na cômoda,
E atravesso a rua, pois queria
Registrar toda a nossa alegria.
Fácil fácil ser alegre, me disse,
Bastam uns amigos, um amor
E rompe-se a casca do ovo
Em todo o seu esplendor.

E abri a porta, Dona Antônia,
O quê, quis saber ela, a máquina
Da Beatriz, ela riu, você ainda
Vai ser meu genro, brincou,
Ah, Dona Antônia, somos amigos
E subo a escada, janela aberta,
A luz difusa do fim de tarde,
Transfigurada, serena até,
Sobre as sacadas dos cortiços
E sobre tantas velhas casas.

E clique, pego mamãe na praça,
Clique, um mendigo, clique, clique,
A sacada descascada do armazém,
Clique, pombas brancas nos galhos
Da estremosa e, meu Deus, aquele
Que ali passa não é Seu Carvalho,
Clique, clique e inclinado na janela
Saúdo-o, pronto, continuo a lida
De imortalizar a vida pequena.

Absorto em panorâmicas,
Closes, clique, portas da padaria

Eu registro, clique, Beatriz
Reentrando no Bar, Beatriz,
Com um copo cheio na mão,
Nando que se dirige ao balcão
Kiko que encena os trejeitos
Do artista Charlie Chaplin.

Aciono o botão de cinema
E filmo, sou agora um diretor
Conhecido, Glauber Rocha,
Clint Eastwood, Tornatore
Ou aquele francês, Resnais,
Ou Ang Lee, já não sei qual,
Do quarto obscuro de Beatriz
Para a fama internacional.

A cena então se imobiliza
Pois já chegam os matadores,
Quero gritar, mas não consigo
E os filmo, acertam Beatriz,
Depois o Kiko, Du, Nando,
Que sangra, mãos no peito,
por que fez isso comigo,
pergunta, e então desaba.

Eis que um dos matadores
Vira-se, touca ninja acima da boca,
E por intuição, zelo ou dúvida
Olha em volta, depois para cima
E me vê, olhares que se cruzam
Os meus, de câmera fria, digital,
E o outro, de fúria jamais vista
Dentro desse reino animal.

Cena do crime

Repasso a cena do crime.
O matador tem uma verruga
Que resulta clara, mas preta,
No canto esquerdo da boca.

É um indício para quem?
Penso nisso, comovido
Por tudo que sei que sei:
Só sei que corro perigo.

Os dias no Campo Limpo
Vão de chacina em chacina.
Pouca gente nos velórios,
E muitos atrás das cortinas.

A prostituta

Minha Tia Almerinda, do Capão Redondo, tem um chicote para educar os seis filhos pequenos. Um chicote verdadeiro. Caiu de uma carroça que passava e o meu primo Deco pegou. Que ingênuo! Levou pra casa. Me dá aqui, disse a tia, e o pendurou atrás da porta. O nome do chicote agora é Negão. Ou Baiano. O nome muda conforme o humor da Tia.

São seis filhos numa casa onde cabem três. Já viu, né? Vrapt, vrapt, o chicote come solto, dois pulam pela janela, um sobe no guarda-roupa e olha lá o Deco que se pendura na lâmpada acesa – ainda nem foi paga! Balança, balança e tibum, cai na cama com o lombo cheio de marcas.

Não gosto de Tia Almerinda, mãe, ela é ruim. Mamãe nunca responde, mas se põe pensativa. Um dia disse: Vamos visitar Tia Almerinda. Ah, mãe, não quero ir. Pra quê? Está bom aqui. Mamãe responde: Mas ela precisa de apoio. Pra surrar os filhos com o Baiano? Mamãe suspira. E insiste: Sabe que sua Tia Almerinda educa os seis filhos sozinha? Que seu Tio Antônio foi trabalhar na Usina de Belo Monte e nunca voltou ou mandou notícias?

Eu sabia. Quer dizer, sabia, mas nunca pusera atenção. Um dia, pra contrariar, eu disse: Mas, mãe, ela é puta! Todo mundo sabe. Só a senhora não vê. Mamãe abriu uns olhos desse tamanho! Ela não sabia o que eu sabia e que ela também sabia: era prostituta, a Tia. Dava e, em troca, recebia. Mamãe emudeceu. Só me lembro que pôs sobre mim os olhos rasos d'água e disse: Filho, você não sabe do que fala – eu tinha nove anos –, vai me prometer agora que nunca, mas nunca mesmo, falará assim dessa minha irmã.

Engoli em seco e fomos. Morava no fim da favela, em um barraco afastado. As pessoas nos olhavam, mas aos poucos me dei conta de que não o olhar de desgosto, que se emprega contra intrusos, mas de satisfação. E quando entramos na casa da Tia, foi um escarcéu: quando os primos viram a sacola com pão e mortadela, atiraram-se, e o menor deles, com a roupa rasgada, mordeu a mão de mamãe, até que ela soltasse um pedaço de pão. Comeram vorazes. Tia Almerinda não sabia o que fazer. Olhava-nos desolada e dizia: Eu não sabia que era hoje que vocês viriam.

Ali ficamos por bem uma hora. O lugar fedia. Os primos e primas, saciados, fingiam que não estávamos ali. Então mamãe me mandou comprar refri. Eu fui. Era um boteco. Vendia também arroz, feijão, pão, envelopinhos de Tang para o café da manhã e macarrão. Mas o que se destacava na prateleira construída com engradados superpostos era a fileira de garrafas de pinga.

Foi neste momento que entraram três rapazes. Riam de alguma coisa que só eles conheciam. Um deles, sorridente, olhou para mim com escárnio e anunciou, utilizando uma melodia infantil conhecida: A puta recebeu visita! A puta recebeu visita! O boteco silenciou. Um dos homens que estavam à mesa ergueu-se e se aproximou do balcão. Os jovens não lhe deram importância. Riram mais ainda. Quatro outros se levantaram. Cinco, agora, contra quatro. E o primeiro dos homens, um velho, de braços fortes, alisou o chapéu de palha com a mão, como se quisesse limpar o pó, e disse em voz baixa, sem olhar para o insolente que tinha cantado a melodia: Se disser só mais uma palavra a respeito dessa mulher honrada, te mato.

Claro que estou louco!

Depois da morte de Beatriz
Foi cada um por si e a dor
Por todos, naquela ânsia
De estar sozinho, no burburinho
Das coisas ao redor, aparente
Náufrago depois do naufrágio
Ou melhor, bêbado sem ter bebido,
À beira da voragem, em círculos
Me espiralo, me redemunho
No que sinto, pronto, estou louco,
Tenho certeza, sim, sou agora
Uma lembrança, um retrato pálido
Do que fui, do que acreditei e fiz,
Acabou-se, cara, estou louco,
Não era isso que queriam?
Mas olha agora a onda mínima,
Que se ergue no mar, calma,
Como quem não quer nada,
Ou melhor, quer e não quer,
E que de repente se levanta,
E impetuoso, súbito desabo,
Borrasca, tormenta, cólera,
E tudo isso sou eu, oceano
Em que me debato, quero e exijo
Todas as vidas que nos tiraram,
A de Beatriz e a dos outros,
Cada dia, um pouco, todo dia,
Em cada esquina, em cada bar
Porque esse extermínio de jovens,
Cara, um dia tem de acabar!

Autoaprendizado

Sou aprendiz
De mim mesmo.

Especialidade

Pousada
    Sobre ferros
Retorcidos
    Uma gaivota.

Assustada
    Bate asas
E alça o voo.
    Clara manhã.

Escurece

Escurece em São Joaquim
    Debaixo de uma garoa.
Os carros aceleram.
    Acabei em um bairro de bárbaros,
Diante de uma janela para o norte.
    E o velho guapuruvu estremece
Sempre que sopra o vento.
    Crianças deixam o colégio
Ciscando impaciência.
    Algumas riem, de mãos dadas:
Ainda não conhecem o desejo?
    Do beiral do telhado
As andorinhas partiram todas
    E no pátio, extremosas,
Dão um soluço vermelho
    Insiste um bacurau
Mas depois se cala.

Saúde

Olho para a frente
      E assim evito torcicolos
Voltando ao que passou
Passado é passado,
      Tiro minhas conclusões
E sigo em frente
      Com o sol nos dentes.

Almerinda

O motivo da vida que levo é muito simples:
Tenho filhos pequenos
E não posso me dar ao luxo de não comer!

Sei que vocês me difamam e me evitam
Enviam-me cartas anônimas e apedrejam minha porta,
Mas recebo isso como a flor o orvalho da manhã.

E, purificada, entro no mundo
Que escapa ao seu julgamento.

O vendedor de câmeras fotográficas >>>>>>

Vendia câmeras fotográficas digitais,
O senhor que veio a nossa casa.

Eu não estava. Ele quis saber
De improviso se eu tinha uma.

Papai respondeu que ainda não
Mas que um dia eu retrataria o mundo.

Mas disse também que eram tempos difíceis
E que se matava cachorro a grito.

E eles morrem, esses cachorros?
Quis saber o homem, com um sorriso.

Encontro na Angélica

Vinha vindo pela Angélica,
Rumo à Consolação, para chegar à Paulista,
Quando, perto da banca de revista, uma moto preta
Kawasaki, acho, ou Fuji, não entendo de marcas,
Mas foi um coturno que vi primeiro.
O coturno de um homem alto e troncudo.
Ergo os olhos e vejo que ele me examina.
No canto da boca tem uma verruga.
Acho que estremeço, não sei, mas me contenho,
Enquanto ele, erguendo as mãos,
Cria com o indicador e o polegar
Uma imaginária câmera fotográfica.
Com o indicador, pressiona o botão
Do obturador, como se fotografasse,
E de novo me contenho, calma, cara, ele quer te testar,
Saber se você esteve um dia na janela de Beatriz
E viu o inferno no bar. Desguio e prossigo.
Atrás de mim, o pipocar da moto.
Eu, na calçada; ele, na faixa de asfalto,
Move-se devagar, me olha como se eu fosse
                                    [extraterrestre.
E depois acelera em ponto morto uma, duas, três vezes,
Com tal estrondo que os vidros dos edifícios
Trepidam, luzes são acesas, gente vem à janela
E assim mesmo prossigo pela Angélica
Até o metrô e depois até Água Amarela.

Instantes depois, também lentamente, passa a ronda.

Beatriz

Moço, pode nos fazer um favor?
Posso, disse, de que se trata?
E ela, ruiva, aponta outras três:
Duas e uma terceira, negra.
Alegres riem na Praça da Sé,
Em meio aos zumbis do crack,
Do desespero e da falta de teto.
Estende-me a máquina fotográfica
E se dá conta de que estremeço.
Não se sente bem? Não foi nada.
Nada mesmo? Nada, apenas
Esse retrato que me apavora.
Espantou-se: a nossa foto?
Não, mente, o retrato do centro
Da cidade. Uma foto somente,
Diz ela, depois vamos embora.
Eu sorrio. Fui longe. Que nada!
Fique mais, a cidade não é feita
Apenas de certos bairros nobres,
Jardins, Higienópolis, Morumbi
Conceição, Perdizes, Itaim Bibi
Pacaembu ou Vila Nova Conceição,
A cidade é mais, muito mais.
Ela é um pouco do bom e do ruim,
E, olhando em volta, disse a ela:
O crack aqui, por exemplo,
Mas nem tudo tem esse rosto.
Em Campo Limpo é diferente.
O bairro e mais quatro milhões
Em centenas de favelas, mas, OK,
Não vieram aqui ver a miséria.
E então, calmo, reenquadro
A cena, vou clicar, mas a ruiva

Diz, espera! Espero. O que quer?
Ela: dou um toque nos cabelos.
E eu estremeço de novo, diante
Da imagem da ruiva Beatriz.
Enquadro de novo. E click, bato,
E a imagem, naquele instante,
Impõe-se no arquivo da memória,
É Beatriz, numa pálida fotografia.

Quarta chacina ou capítulo quatro

- Periquito-australiano
- Pronunciamento na televisão
- *Call Center* de Deus
- Ronda
- Jardim de Vila Madalena
- Redemunho da Paulista
- Oscar Freire
- Composição a céu aberto
- A câmera fotográfica

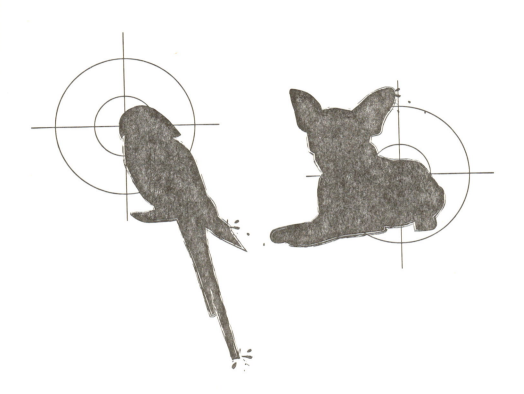

Periquito-australiano

Mataram a mãe e o pai de Beatriz,
Sua irmãzinha de apenas oito anos,
A cachorra Baleia e um periquito azul,
Acho que australiano.

Pronunciamento na televisão >>>>>

Quem não reagiu continua vivo,
Na santa paz de Deus e de Nossa Senhora,
Capeta atrás tocando viola.

Call Center de Deus

Essa parte começou como brincadeira,
Pegar o telefone e chamar um imaginário *Call Center* de Deus
Para lhe devolver essa besteira em que o mundo se
                              [transformou.

Sim, devolver esse mundo imperfeito
Em que vivia, sempre em *tilt*, tanta dor, tanta miséria
Que Deus tinha criado por capricho.

Eu não sabia rezar – acho que ainda não sei –
Mas conheço alguns dos meus direitos.
E logo me inteirei sobre esse *Call Center* de Deus,
Um centro de atendimento ao consumidor, sabe,
Onde se espera que te tratem com respeito.

Não tinha pedido para nascer, mas tudo bem,
E não queria passar a minha vida aqui na terra
A me lamentar como um Jó, um chorão ou um verme.

Call Center de Deus? me perguntaram,
Do outro lado da linha. Não existe. Deus criou o mundo
Mas voltou para o céu. Vive agora no Exterior.

Preciso então fazer um interurbano?
É caro para o que eu ganho e tenho urgência!

Imagino que a pessoa com quem falava tenha dado de
                              [ombros.
Isto eu não sei. Pode ser também que Ele esteja dentro de
                              [você,
Sem que você saiba. Por que não tenta?
O quê? Falar com Ele, ora. Conversar sobre Sua Misericórdia.

Não disse nada, pois naquele momento estremeci,
Só de pensar que Deus podia estar sendo conivente
Com tudo o que acontecia aqui.

II

Por dias e dias tentei em vão devolver o mundo ao
                                              [remetente.
De fato, o *Call Center* de Deus era no Exterior,
E eu tentava, tentava, assim mesmo, em português.

Logo descobri como são complexas essas máquinas
Quando se trata de ponderações sobre as coisas do
                                              [mundo,
Refrigeradores, iPads, guerra, racismo ou preconceito.

Primeiro, porque estava sempre ocupado,
O *Call Center*, e tive de esperar por horas e horas,
Mas felizmente a tarifa era a mesma de uma ligação
                                              [local.

Por fim, uma voz delicada, com música de fundo,
Atendeu: Já identificamos de onde você está chamando
E já temos em mãos sua foto e sua carteira de
                                              [identidade.

Tecle 1 para agradecer ao Senhor;
Tecle 2 para louvar o Senhor;
Tecle 3 para fazer uma oferenda;
Tecle 4 para falar com um de nossos assistentes.

Teclei 4 e esperei, esperei e esperei.
Em que posso servir?
Gostaria de devolver o mundo,
Pois veio cheio de defeitos.
Um momento!
Ouvi cochichos. E uma voz baixa
Que inquiria algo que eu não entendia.
(Quem cochicha o rabo espicha, pensei,
Mas isso também valia quando se tratava de Deus?)

Vou passar o senhor ao nosso departamento técnico.
E repeti ao técnico, sim, o mundo que não pedi
Chegou defeituoso. Pode ser mais específico?
Mataram Beatriz. Sumiram com o Amarildo.
Foi levado à delegacia. Não está preso e nem voltou.
Do outro lado, silêncio absoluto. De vez em quando,
O barulho sedoso de asas, de anjos que passavam.
E pouco depois, uma pergunta absurda:
De que mundo está falando? Esse mesmo, onde vivo.
Essa agora, exclamaram do outro lado, qual sua idade?
Dezesseis. Dezesseis? Sim, dezesseis.
De novo o silêncio.

E a voz pouco depois: Veja, localizei o recibo de entrega
E vejo aqui dezesseis anos. Logo será seu aniversário...
Sentimos informar que já caducou o prazo de garantia.
E a linha caiu. E eu ali, absorto, senti a mão de Verônica
Que apertava com suavidade a minha. O que fazer?
Tenta de novo, disse, e eu, posso tentar, mas quero saber
Onde posso ter esquecido o número do protocolo?
Importância não, disse ela, Deus é onisciente.

III

Insisti. E como insisti! Mas sempre a mesma lenga-lenga.
O Céu, disse à Verônica, faz ouvidos moucos e
                                        [desconversa,
E não sei se aos defeitos do mundo aplica-se o Código
                              [de Defesa do Consumidor.
Quem sabe uma representação ao Juizado das
                                        [Pequenas Causas.
Sei não, disse ela, acho que Deus está tirando o corpo
                                        [fora.

IV

O tempo passou com interlúdios de frio e quente, quente
                                        [e frio
E janeiro chegou ao fim. Chuva. Muita chuva. Casas
                              [alagadas e queda de barreiras.
O trabalho no Parque de Manutenção de Água Amarela
                                        [se intensificou.
Uma composição do metrô entrou em pane entre a
                                        [Brigadeiro e o Masp.
Uma nuvem densa de fumaça no túnel. Pânico.
Chegamos.
Coube a mim, com meu instrutor, destravar as pinças do
                                        [freio de disco.

Uma tarde, ao assistir ao telejornal, tentei de novo,
Pois tinha achado no bolso um número de protocolo.
Só que desta vez foram ágeis. Talvez porque sabiam
                                        [quem eu era,
O meu endereço, os meús gostos, o meu amor por
                                        [Verônica

E até mesmo um resto de confiança que eu ainda sentia pela
[vida.

Mas, logo depois, a atendente foi lacônica e tirou o corpo fora:
Como dissemos, expirou o seu prazo de garantia.
Pode me dizer qual esse prazo? Você nasce e a garantia
[expira.
Concomitante? Isso mesmo. Mesmo? Mesmo. Posso falar com
[seu Superior?
Não, ultimamente Ele anda muito ocupado. Problemas,
[entende?
Se quiser, preencha o formulário e envie por correio, via aérea,
[claro!
Receberá assim uma resposta conivente, ou melhor,
[convincente.
E desligou. Olhei para o telefone, como se fosse ele a causa
[de tudo

V

Verônica chegou e viu que eu tinha ar de desespero.
Passou as mãos nos meus cabelos e me beijou na boca.
E perguntou o que tinha acontecido. Expliquei.
Com tanta coisa de ruim não temos saída, ela disse.
O que começara como uma brincadeira,
A de devolver o mundo com defeitos ao remetente,
Estava se tornando algo trágico, difícil de suportar.
Se eu destruir o vídeo da morte de Beatriz, disse,
Estarei desrespeitando-a depois de morta.
Se o guardo, assisto ao extermínio de inocentes.
Deus não existe e se existe não é bom.
E não é só isso. Que dia é hoje? Quinta.
Dia da Memória, que lembra fatos muito tristes

E bem agora completa um mês que ela se foi.

Respirou fundo Verônica. Tinha lágrimas nos olhos.
Não pelo mundo, pois ela sabia como lidar com ele,
Mas pela minha tristeza. De novo respirou fundo.
Desta vez eu mesma telefono, disse, e vi que sua mão
                                                    [tremia,
E teclou. Pensei: Isso não vai dar nada certo,
E ela já se inclinava para ouvir o que lhe diziam.

Depois de um tempo, ela encorpou a voz e falou,
Bem claro, agora, por favor, me escuta um pouco, cara!
E eu disse, não trata o Cara de cara, pô!
E ela não ligou ao que eu dizia, e prosseguiu:
Vocês aí no céu também discriminam os negros e os
                                                    [pardos?
Toquei-a novamente no braço e ela, firme,
Não quis aceitar as minhas ponderações

Quer um exemplo? Ele quer um exemplo, murmurou ela,
Tapando o bocal do telefone. Essa agora! E riu, irônica.
São Paulo e Rio não passam aí no céu no telejornal da
                                                    [noite?
Pois eu Lhe dou um exemplo desse mundo defeituoso
Que nos venderam, mesmo antes de nascermos:
Sapopemba. Com a mão direita, abafou a voz, marcada,
E disse, sim, Sapopemba, S a p o p e m b a, entendido?
Matam só negros e pardos e dizem: tudo bandido!
E finalizou: deixa a lira de lado, Cara, e olha pra baixo!
E, no mesmo instante, desabou em choro convulsivo.

Ronda

Quando cheguei mais tarde, perto das onze,
Em Campo Limpo, uma viatura da ronda
Me seguiu. Fui pelo meu caminho. Só podia,
Porque olhar um deles, de frente ou de banda,
É considerado afronta a um obscuro código
De honra. Duzentos metros mais adiante,
A viatura acelerou e sumiu numa esquina.
Dessa me salvei, pensei, mas até quando?
Porque meu pai e minha mãe não aguentavam
Ver um filho sair sem saber se iria voltar.
Queriam que eu deixasse a escola. O trabalho.
Queriam me proteger. Sei não. Sou novo,
Mas é impossível retornar à casca do ovo.

Jardim de Vila Madalena

Pelas ruas de Vila Madalena
de quando em quando um portão aberto
serve de moldura a um jardim

simples, com madressilvas,
amores-perfeitos, gérberas e lírios,
mais alfaces tenras e tomates rubros.

Impossível gravar porém
o caminho para tais ilhas de aconchego,
no entrevero dessa cidade bandida,

como se o verde fosse uma ferida
obscena entre paredões de concreto
mais a garoa ou neblina:

pronto, a cortina vai se fechar,
mas antes que se feche um pé de magnólia
aponta suas flores brancas ao céu de agora

Redemunho da Paulista

Do alto desse edifício
      contemplo as águas de cinco rios
aspergindo luzes ariscas.
      Os viadutos são de papel crepom.
Mais adiante estronda a Paulista,
      desaguando na Consolação.
Numa pororoca de oito pistas
      que respinga o céu de neon.

Oscar Freire

Às vezes me perco
em pensamentos
e medo sinto
de tanto pensar
que seja apenas
um pensamento
de quem me pensa
em outro lugar.

Por isso finjo
que não penso
mas sei que fico,
sim, a pensar
que eu crio
em pensamento
alguém que pensa
em outro lugar.

Composição a céu aberto

O metrô,
Como quem não quer nada,
Compõe toda
Uma paisagem.

A câmera fotográfica

Os lobos chegam sempre de noite
Entram nas casas. Reviram gavetas.

Jogo fora a câmera com o vídeo?

Não sei, acho que sim, mas resisto,
Os assassinados eram meus amigos.

Mas com essa câmera corro perigo.

Quinta chacina ou capítulo cinco

- Timóteo e seus três filhos
- Abismo
- Conversa com Verônica
- Zoológico
- Mapas
- Linha Verde
- Linha Vermelha
- Line 3 – Red
- Danço na Barra Funda
- Ceagesp
- Missão cultural

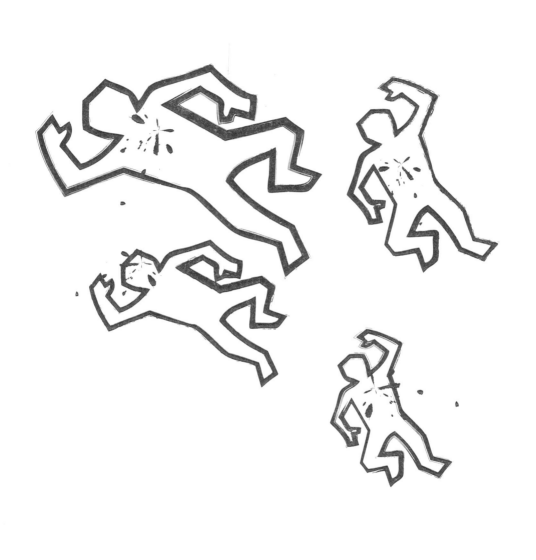

Timóteo e seus três filhos

Ali, naquela esquina,
Assassinaram Timóteo
E seus três filhos.

Assim, de repente,
Uma moto, a mesma moto,
E dois motoqueiros.

O garupa deu os tiros
Como quem acende um fósforo
Ou atiça um braseiro.

E os corpos que ali ficaram
De sangue rubro,
Se aqueceram.

Abismo

Sem freios
Sob a terra
Falta aos vagões um abismo que lhes seja seguro.

Conversa com Verônica

Houve um tempo, quando pequeno,
Que não te conhecia, mas meu maior desejo era ser nuvem.
Só para chover. E o vapor d'água no vidro da janela criaria
[para você...
O seu primeiro caderno de caligrafia.

Zoológico

Os macacos
      no zoológico
nunca posam
      de hominídeos:
falta-lhes
      a evolução
ou são muito
      precavidos.

Mapas

Retomo os meus passeios
Pelo mapa da cidade
Que lentamente mapeio.

Desço numa estação qualquer.
Na Brigadeiro, por exemplo,
Saio e me fixo em rostos,

Cheiro ar, ouço vozes
Anoto objetos e os reflito
Em um lúcido espelho

Que tenho dentro de mim.
Depois escrevo, escrevo,
Solto travas, perco o freio.

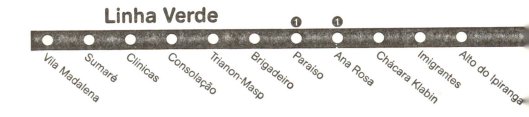

No metrô, Linha Verde, você anda
No ritmo e na composição de versos.

As rodas são feitas de palavras ariscas
Algumas antigas, outras novíssimas

Gostosas, como as estações em volta
Envoltas pela neblina do que há de ser.

Linha Vermelha

Palmeiras-Barra Funda • Marechal Deodoro • Santa Cecília • República • Anhangabaú • Sé • Pedro II • Brás • Bresser-Mooca • Belém • Tatuapé • Carrão • Penha • Vila Matilde • Guilhermina-Esperança • Patriarca • Artur Alvim • Corinthians-Itaquera

Na Linha Vermelha, Barra Funda-Itaquera,
A vida não espera. Cada um entra como pode.

A cada nova estação abrem-se portas.
Outras se fecham, mas as abrimos de novo.

O que fazer? É a nossa sina, cada bairro,
Cada rua, cada brisa conhece nosso nome.

Pois te construímos, São Paulo, com nossas mãos.
República, Brás, Sé, Bresser e Belém.

Ali, numa curva, em que o coração aperta
E a vista, de repente, fica turva, reluzem trilhos

Trilhos que trilhamos e que de novo brilham,
Pois eles, como nós, só querem uma Estação da Luz.

Line 3 - Red

On the red line, Barra Funda to Itaquera,
Life doesn't hang around. Everyone gets on as well as
                                                [they can.

At each new station, doors open,
Others close, but we open them again.

What can you do? It's our fate, every neighbourhood,
Every street, every breeze knows our name.

Because it was us that built you, São Paulo, with our
                                                [hands.
República, Brás, Sé, Bresser, and Belém.
There. On a bend, where the heart grows heavy
And the view, without warning, turns dreary,
The tracks glow with light.

Tracks that we track along, and which glow again
Since they, like us, seek the light of Luz Station

Danço na Barra Funda

Depois de um café quente
      Na padaria da esquina
Volto ao metrô dançando
      Entre carros e transeuntes
Debaixo do olhar vigilante
      De um guarda de trânsito

Ceagesp

O nome da planta é alho
    Olho e sinto dó
Pois se olho esse alho,
    Duvi de o dó!

Todo alho tem cabeça
    E sem boca mostra o dente
Essa planta não é alho
    Pois o alho é diferente.

Sim, essa planta é alho
    De sobrenome Poró
Tanto a folha como o bulbo
    Um tempero só.

Essa planta é alho?
    Alho-porro ou poró?
Quando olho esse alho,
    Duvi de o dó!

Missão cultural

Em comitiva
pelos subúrbios:
Os bairros distanciam-se
no retrovisor
e uma ponte afoita emperna
duas margens.
Amanhã, de novo,
dragagem do rio.
Um sol redondo
sobre Água Amarela.
– Amar é um país
ou um desgosto?,
pergunta o governador
aos estudantes da Escola-Modelo.

Sexta chacina ou capítulo seis

- Dia de Santos Reis
- Uma aventura na Tasmânia
- O promotor
- Deixando a Faria Lima
- Campo Limpo
- Vila das Belezas
- Bilões e caixa dois
- De novo o Garnisé Irado
- O senhor vende sentenças?

Dia de Santos Reis

O Natal passou veloz
Cheio de luzes da Avenida Paulista
E logo o Ano Novo despontou.

E no Dia de Reis
Morreram seis
No Capão Redondo.

Em um bar, como Beatriz.
O grupo de extermínio perguntou por um vídeo,
Uma fotografia, uma chacina, um colírio, um ministério,
Estamos aqui e somos a mão de Deus.

Passaram-se trinta segundos
E a ronda não tinha chegado.
Jaziam no chão seis corpos
E as noventa e nove cápsulas deflagradas
Do Dia de Reis.

Uma aventura na Tasmânia

Peguei o metrô em Clínicas para sair no Trianon-Masp.
Ia distraído, lendo aquela parte em que o Homem-Aranha
É pego numa teia de intrigas de contumazes inimigos.

Pouco depois, subi pelas escadas rolantes para o sol e
                                                  [me vi
Em uma praia ensolarada, de areias finas, e ondas do
                                                  [mar
Que iam e vinham, azuis, em outro mar de brancas
                                                  [espumas.

Primeiro tive medo, pois sabia que não se tratava de
                                                  [sonho.
Minha primeira ideia foi a de retroceder para um lugar
                                                  [seguro,
O lugar de onde eu tinha vindo, violento, mas conhecido.

Sosseguei, mesmo que ainda não conseguisse explicar
Como o Trianon-Masp se transformou em um paraíso
De palmeiras, de moças belas que corriam pela praia.

Nesse momento, veio vindo pela praia um policial militar.
Criei coragem. E perguntei: Pode me dizer o nome desse
                                                  [lugar?
Ele sorriu. Putz! Aqui até sorriem quando vão dar
                                                  [informação!

Ele respondeu: Como não sabe? Olhou em volta, numa só
                                    [redada,
Para pegar em um só lance tudo o que seus olhos viam.
Tasmânia.
Mares do Sul. Fiquei perplexo. Não pela informação que me
                                    [dava

Em inglês e que eu compreendia, após lhe perguntar em
                                    [português:
Mas aquilo era sensacional! Agradeci e ele se foi, tenha um
                                    [bom dia,
Disse ele, meu Deus, como pode um representante da lei ser
                                    [cordial?

E passei um tempo a andar pela praia, a vagar no ócio puro,
A refletir sobre a experiência insólita em que havia me metido,
A de saber que a Lei podia ser Lei e ao mesmo tempo
                                    [gentileza.

O promotor

Fui à secretaria e disse à secretária:
A porta do meu armário não abre.
Ontem abria. Ela me conhecia.
Ah, é você? Tem gente que te espera
Na sala ao lado. Quem? Não sei. OK?
OK. Entrei na sala. Ambiente solene.
Ergueram-se, à mesa, ao me verem.
Muito prazer, eu sou o promotor.
Encafifei. Promotor, mas de quê?

De vendas, de saldos, de eventos?
Dei de ombros. Responder? Pra quê?
Fiquei na minha e esperei calado.
Foi então que ele limpou a garganta,
Olhou-me, olhou-me mais uma vez,
Como se lesse meus pensamentos,
E acrescentou: Promotor Público. Putz,
Agora, sim, eu fiquei atrapalhado!

Foi neste instante que eu localizei
Na ponta da mesa meu instrutor.
Ele disse algo em voz tão baixa
Que não consegui ouvir. Baixou a cabeça
Como se estivesse a pedir desculpa.
Um sacana, pensei. E ali estava eu,
Em palpos de aranha, sem entender
Bulhufas do que podia acontecer.

Silêncio. Pesado. Eu não vou dizer
Que uma mosca zumbia porque seria
Um vulgar clichê de livro policial.
E então? perguntou-me o promotor,
Batendo com a ponta da caneta Bic
Na manchete da página de um jornal.
(Ao seu lado, um garnisé, um galinho
Nervoso, mas sem crista, me espiava.)

Um auxiliar? Talvez. E então o quê?
O vídeo! Estremeci. Na outra ponta
Meu instrutor disse, de cabeça baixa,
Desculpe-me, só cumpri com o dever.
O promotor pegou no ar suas palavras
E acrescentou, fez bem, neste caso,
Todos têm a obrigação de cooperar.
Ergueu a cabeça: Você corre perigo!

Meu jovem... ele disse, sem me olhar.
Não sou teu jovem, disse eu, e, veja bem,
Nem posso pagar o que vai me cobrar
Por fora. Só então ele me olhou de frente.
Por que diz assim? Porque cada um, hoje,
Só vê até a ponta do nariz. (O Garnisé
Estremeceu, nervoso, projetou o corpo,
Mas o promotor com um gesto o sossegou.)

Eu sabia que as cartas estavam na mesa
Bastava pegar uma e jogar em um jogo
Que eu desconhecia. O promotor Bic:
O meu interesse é a observância da lei.
Segurei o riso. Que lei e que observância?
A dura lei para os que estão embaixo
Ou a lei flexível para os que estão em cima?
Mas só pensei, às vezes consigo não ser bobo.

Joguei outra carta. Quer saber o quê?
Sobre o vídeo. Vai me entregar ou não?
Já disse, corre perigo. Eu sei, respondi,
E não vou saber? Vamos e venhamos,
O que, afinal, estou fazendo aqui? O vídeo,
O vídeo... Por que preciso de novo repetir?
O senhor chega, sem mais nem menos,
E fica: o vídeo, o vídeo, Ovídio, Ovídio... e ri.

Sabe o que significa? As consequências?
E nessa, como eu fico? E como fica meu pai?
E minha mãe? Meus amigos? O meu trabalho?
Isso podemos estudar, disse o Bic promotor,
Com seu tique de etiquetar a folha de jornal.
Aí, decidi sair dali. Dar o fora o quanto antes.
Com voz suave, quase conformada, disse:
Está bem. Vou buscar. Está no meu armário.

Só não sei ainda como posso abrir a porta.
Tenho uma chave aqui, mas alguém veio antes
E travou a fechadura. Volto num instante!
O vídeo não está lá, disse o Garnisé Irado.
Abriu o meu armário? Claro que eu abri,
Respondeu, na iminência de explodir.
Quis avançar de novo, mas o promotor Bic
Mais uma vez o fez ficar no seu lugar.

O Garnisé Irado não sabia mais o que fazer.
Melhor resolvermos logo esse problema,
Disse o senhor Bic. Mas desta vez sem o tique
De bater no papel com a ponta da Bic.
Me pus de pé. Com licença! Se me permitem,
Tenho de ir, pois meu turno começa agora.
Mas desta vez o promotor se alterou:
Não vai a nenhum lugar. Fica aí, sentado!

Deliciou-se, o Garnisé! Ah, como se deliciou!
Riu. Achou o máximo! Prefiro não, eu disse,
pois tenho de pensar. Por quanto tempo?
Dois dias. Tudo bem. Sim, acho que dois dias.
Vemo-nos então na quarta. Mas lembre-se,
O nosso tempo voa e a morte vem atrás.
Me despedi a me perguntar se conseguiria,
Em dois dias, resolver o abracadabrante impasse.

Deixando a Faria Lima

Das fachadas da Faria Lima
    Às seis da tarde
Até Guarulhos, já noite,
    São vinte e cinco quilômetros.
Nas duas margens,
    Shoppings, *fast-foods* e financeiras
Vão ficando para trás.
    Refletem-se no para-brisa
As primeiras estrelas.

Campo Limpo

Na minha cama
      Debaixo do cobertor
Eu ouço o lento
Cair da chuva
E o ruído de carros
      Passando devagar
Na rua molhada.
      Na outra peça
Alguém anuncia:
Está na hora!
É comigo
      Que falam?
Quero quinze minutos,
      Quinze minutos apenas,
Para escutar a chuva,
      E só então me oferecerei
De sacrifício
      Ao deus das águas.

Vila das Belezas

Claridade do sol nascente.
    Sobre a estrada antiga,
os pedais e os ciclistas
    na Prova 9 de Julho,
mas agora os edifícios
    ocuparam Vila das Belezas
e só janelas fechadas acompanham
    as bicicletas mambembes
descendo, rumo ao Centro.

Bilões e caixa dois >>>>>>>

Na quarta, como combinado, de novo sentado
Em torno da mesa. Eu já sabia que iria morrer
E decidi de uma vez por todas dizer-lhe o que sentia.
Sim, a ele, ao Bic amuado, bem diferente do falante
Deus de dois dias antes.

Desta vez não tinha papel mas assim mesmo bateu
A Bic no tampo de madeira, está se excedendo, pensei
Cruzando a linha, pois um senhor, bem-composto,
Não pode agir como um escolar. E então? perguntou,
Retomando o fio da conversa.

Então o quê? O vídeo? Quem diz que não é um deles?
Bati firme, nada tinha a perder. Ele mordeu os lábios.
Como assim? Nada, eu disse, nada, esquece!
Eu olhei bem pra ele. Ontem fui sequestrado pelo PCC.
O que o senhor acha disso?

Por quem? Pelo PCC. Por que não foi à polícia?
Estás brincando, eu disse, rindo. Ficou sério.
E o que queriam? Me obrigar a matar um cara.
Que cara? Um escroncho, acho que da polícia,
Desses que só usam touca ninja.

O que mais? Que não tenho saída. Aliás,
Aprendi muito com ele, senhor Bic, e olhei
Para a caneta nervosa que ele tinha na mão.
Já o Garnisé Irado estava agora distraído
Consultando o relógio.

O que aprendeu? Aprendi que em cada batalhão
Os bilões encarregam-se do caixa dois. Matam,
Matam por convicção pessoal ou por encomenda.
Por convicção, creem numa certa higiene social;
Por encomenda, são pagos.

Sua fonte, saltou o Garnisé Irado, apoplético,
Sua fonte é a bandidagem. O PCC. Não entendo
Como pode acreditar. O promotor disse: Basta!
Se atrapalhar de novo a conversa, sai da sala
E vai de castigo para o corredor.

De novo o Garnisé Irado

Peguei confiança e contei para ele o que me sufocava,
O que ricocheteava na minha cabeça: Estou marcado!
Sabem que era eu quem estava à janela de Beatriz.
E já preparam meu assassinato em legítima defesa,
Ou meu desaparecimento, agora muito habitual
Em qualquer esquina. E você? Eu? O cara do PCC disse
Que me salvaria, bastava matar antes quem iria me matar.
Que era a única opção. Liquidando o algoz, disse ele,
Estarei protegido pela rede de apoio do tráfico. Uma espécie
De Previdência Social. O tráfico não gosta de concorrência.
E se alguém perturba, não vive: é morto por encomenda.
E me mostrou a foto. Idêntica a verruga no canto da boca
E idêntico ar de escárnio. Aceitou? Disse a eles que sim,
Mas dentro de mim disse não. Apenas quero ganhar tempo.
E quanto ao vídeo? O vídeo? Pensei muito, muito mesmo.
E de chofre: como é que vou saber que não é um deles?
Ele estremeceu mas não se perturbou. O Garnisé Irado
Em vez de explodir, implodiu, com medo de castigo.
Olhei em volta. Pronto. Estavam ali, as cartas todas sobre
a mesa.
O Garnisé avançou a mão direita para embaralhar de novo
E falou: Como ousa... E o promotor: Ele ousa porque permito,
E logo em seguida descartou: Diz, filho, o que tem a dizer.

O senhor vende sentenças?

Eu quero saber se não é daqueles
Que saem por aí vendendo sentenças,
Aqueles que embolsam os bolsos alheios.

Para começo de conversa, disse ele,
Não sou juiz, sentença não vendo nem dou:
Eu sou apenas um promotor público.

Mas por que desconfia do que digo?
Não tenho mais tempo a perder,
Me dá o vídeo e estamos resolvidos.

E se eu não der, o que pretende fazer?
Vai me prender. Vai me dar um soco.
Vamos, me diz, o que pretende fazer?

Logo no início, ouvindo suas insolências,
Uns tabefes, caso tivesse perdido a cabeça:
Uns tabefes bem dados, se quer saber!

E por quê? Por causa das insolências!
Depois, pensando na nossa conversa,
Descubro que não é bem assim:

E agora (falo como se fosse teu pai)
Te daria um abraço e perguntaria
Qual o pavor que te faz ficar assim?

Suspirou fundo, o Promotor Público.
Sabe, disse ele, já tive um filho,
Se vivo, teria pouco mais que sua idade.

E onde ele está? Morreu. Como?
Numa abordagem policial, como tantas,
Quando voltava para casa à noite.

Acho que por causa da cor.
Não do carro, claro, mas da pele
Porque era um filho adotado.

Negro, em resumo. Quis explicar.
Mas não o ouviram. E ainda disseram:
Negro com carro novo, só se for ladrão.

É isso, filho, a decisão é sua!

7

Sétima chacina ou capítulo sete

- Mercado Futuro
- Proposta
- Aniversário
- Culpa dos Maias!
- Escova de dentes
- A bem da verdade
- Procura
- Melhor assim
- Exílio
- Tambor de freios
- Praça da República
- Toque de recolher
- De barco, no Ibirapuera
- Herança africana
- Aleluia
- Presos seis policiais acusados de chacina em São Paulo

Mercado Futuro

No rosto dos mortos
Fungos brotaram.

Tinham os lábios
De um roxo vivo.

[Jovens católicos
De uma ONG contra droga.

Por apostolado,
A recuperação dos drogados]

Mas as motos troaram nos becos
Por uma questão econômica.

Explodia o crack na bolsa
Com implicações no consumo

E *inside traders* do pó
Visavam o Mercado Futuro.

Proposta

Um menino, choroso,
Aos profissionais da balística
Que recolhiam cápsulas deflagradas.

— Peguei uma pra brincar.
Se devolver,
Trazem o meu pai de volta?

Aniversário

Hoje faço dezessete anos
Mas como posso aniversariar
Neste mundo sem conserto?

Desmancha prazeres, diz meu pai.

Todos se entreolham
Como se eu fosse um marciano.
E pelo visto,

Eu sou um marciano!

Culpa dos Maias!

Em dias como esse
O sol, uma rodela doente,
Esconde-se atrás da neblina

E o seu brilho fosco
(de vergonha, talvez)
Logo desaparece.

No espaço de um mês
Assassinaram trezentos
Na cidade de São Paulo

Sem falar nos sumiços:
Na periferia somem
Negros e mestiços.

A polícia militar:
"Tudo o que é sólido
Desmancha no ar!"

Boatos desencontrados
Do estouro da guerra civil,
Nas favelas e becos.

Dois poderes conflitantes:
De um lado o poder armado
E do outro o armado poder.

Mas tudo culpa dos Maias
E de seu calendário
Que o fim do mundo anunciaram

Para o próximo mês!

Escova de dentes

Saio, e minha mãe, pesarosa,
Aonde pensa que você vai, quer saber,
Como se eu voltasse a ser menino.

Para, ah, mãe, não diz isso!
Ora, filho, até os dentes, agora,
Você quer escovar no metrô?

Qualquer dia, despacho sua cama
Para a estação de Campo Limpo,
São Bento ou Consolação.

Tem de ter fim essa obsessão!

Beijo-a e me despeço. Que nada, mãe,
Se despachar a minha cama, é a senhora
Que despacho para o meu coração!

E vou embora, com mamãe extasiada.
Mães! Adoram afetos dramáticos!

A bem da verdade

A bem da verdade,
Muitos policiais, mais de cem,
Tinham sido assassinados
De janeiro a dezembro

A bem da verdade,
Existia até uma lista
(Mas quem a tinha fornecido?)
Com nome, endereço, telefone
E horário de morrer.

A bem da verdade,
As ordens tinham duas origens:
Primeiro, vinham do PCC
E, depois, da facção militar,
Dos bilões, caixa dois.

Procura

A neblina e a garoa
      Caem em Itaim Bibi.
Bati em portas sem número,
      Bati em inúmeras portas,
Pra ver se te encontrava, amiga!
      Onde você mora agora,
Ditosa, na nova vida?

Melhor assim

Verônica voltou há dias do Rio.
Esquisita. Não perguntei sobre o que tinha acontecido
Ou deixado de acontecer em sua repentina viagem.
Melhor assim, penso eu, melhor assim!

Às vezes, distraído, chego por trás dela,
Quero lhe tapar os olhos com as mãos
E indagar em silêncio "Quem sou eu?" Mas desisto.
Melhor assim, penso eu, melhor assim.

Outras vezes ela me pega pensativo.
E pergunta, por que evita meu olhar?
De olhos baixos, tenho ganas de chorar.
Melhor assim, penso eu, melhor assim.

Exílio

O correto funcionário de Finanças
    foi exilado na Freguesia do Ó
No negócio de uns bingos
    e nos subornos no Metrô
Recusou-se a participar.
Quem manda manter o prumo
    nesse ambiente de miasmas!
Por que não ter olho-grande?

Tambor de freios

Dizer-te que no tempo em que estiveste fora
Perdi as pinças do meu tambor de freio
E te procurei até mesmo em anúncios de tevê.

Andei a esmo.

Dizer-te que saber quem matou Beatriz
Deu-me um novo ânimo, pra que negar,
Mas que enxergo neste mundo tristeza só.

Quis morrer.

E que um dia, bem ali no metrô do Brás,
Andei a esmo, desesperado, que nem zumbi,
A anunciar o meu amor por ti.

E reagi.

E pensei em raspar minha cabeça,
Ser um monge de uma obscura seita;
Lutador de kung fu ou eremita.

Prossegui.

Famoso cientista, criei um dia
Um antídoto infalível contra todo tipo de amor,
Mas, por amor ao amor, dele me desfiz.

E estou aqui.

Praça da República

Dragão tatuado no ombro.
        A menina do *grafitti* titubeia:

O que significa praticar
        Ou não praticar nessas paragens?

Vagas visões velozes,
        Do Caminho a percorrer.

Piercings de banderilhas
        No plano de espíritos planos

Vazio do mal do vazio,
        E o ser... me diz, meu santo?

Toque de recolher

Logo agora, que tudo parecia nos eixos,
Esse toque de recolher!

Ninguém sabe quem deu a ordem,
Se o exército do tráfico
Ou policiais fora de serviço.

O efeito é o mesmo.

Na E.E. Professor Messias Freire
Aulas suspensas
Até a semana que vem.

Mas quem colou o cartaz?

Padarias baixam portas de aço,
Mães recolhem roupa do varal,
A pracinha fica logo deserta.

A quem gritar socorro!

De barco, no Iburapuera

Cigarras tristes em seus lamentos.
    A silhueta dos edifícios ao sol.
Os galhos das paineiras em meio às nuvens.
    Um barco à procura da outra margem.
O sol quente depois de breve chuva.
    Parelhas de cisnes entre os juncos.
Com Verônica, de mãos dadas.
    Ela, enfim, bem aqui, ao meu lado.

Herança africana

Hoje me lembrei de meu avô na janela
De casa, olhando para fora. Via o quê?,
Me perguntei. Silencioso, na memória
Ele se vira e me diz com voz serena:
Nessa savana, vejo feras, rinocerontes
Elefantes, gnus, zebras e panteras.
Pareço assustado. Meu pai diz: Seu avô
Passou a viver em um outro oceano,
O do tempo em que ele era menino.

Éramos caçadores de leões, sabia?
Disse-me ele um dia, e logo avistei
Na lua prateada de seus cabelos brancos
Uma savana. E então, criança, saí
Pela casa, a rugir como um felino
Enquanto todo mundo se escondia
Nunca me senti tão forte, e em cada janela
Leões, gorilas, zebras e outras feras
Entraram em minha vida de menino.

Éramos caçadores de leões, sabia?
Na África que deixamos um dia,
E olhei meu avô de novo. Ao vê-lo,
Avistei a mesma lua prateada no céu
De sua cabeça e disse tchau, Vô,
Tenho aula. Saí. Na rua, já imaginava
O balanço dos navios negreiros
E meu avô recém-liberto em Itatiba
E depois, bem mais tarde, nas favelas
Em que ele viveu quando menino.

Éramos caçadores de leões, sabia?
Disse meu avô. Em silêncio, me voltei
Para aquela mesma lua branca a brilhar
Na savana de seus cabelos brancos.
Fiquei comovido! Como se fosse agora.
Peguei a mochila e disse, tchau, volto já,
E saí alegre, para um dia de trabalho,
Em meio ao rugido de motores de outra
Fera, inquieta, à minha espera
Nos trilhos faiscantes da linha do metrô.

Aleluia

O ônibus seguia lotado
Quando alguém anunciou:
Prenderam os assassinos.

Que pena! crocitaram
Os urubus em revoada:
Eles eram nossos amigos.

E toda a Vila das Belezas
A seguir cantarolou:
Prenderam os assassinos.

Lobos gordos, em alcateia,
Ululararam na Sibéria:
Que saudades de nossos amigos!

O sol que no alto luzia
Franzino se iluminou:
Prenderam os assassinos.

As hienas, a uma só voz:
'Oceis são piores que nós,
Adeus, podres amigos!

Consolação e Paulista
De mãos dadas em ciranda:
Prenderam os assassinos.

A banda podre de Tudo
Diz à podre banda do Nada:
Quando nos veremos, amigos?

Presos seis policiais acusados de chacina em São Paulo

Das 24 chacinas do ano passado, só uma foi esclarecida

São Paulo (24.1.2013) – Seis integrantes da Polícia Militar suspeitos de participar de diversas chacinas na cidade estão presos temporariamente desde ontem. Na última chacina, em Capão Redondo, eles chegaram em quatro carros e mataram as pessoas reunidas dentro de um bar, deixando apenas dois sobreviventes. Quando partiram, não tiveram tempo de recolher 49 cartuchos de pistolas e de espingardas.
De acordo com exames de balística, duas vítimas foram mortas pelo policial "Cabeção" enquanto a terceira por Deodato Bezerra, com um tiro de espingarda retirada do próprio batalhão, quando o armeiro responsável pediu dispensa. Já o policial "Mexerica" tinha em sua casa toucas ninjas e placas falsas de carros. Outros três policiais, cujos nomes não foram divulgados, deram cobertura aos assassinos.
Os policiais que praticaram a chacina buscavam um vídeo de uma chacina no mês de novembro do ano passado, em Campo Limpo, quando foram executados um jovem evangélico, Fernando Silva, a estudante Beatriz Papaleo e Eduardo Fagundes, além do dono do Bar Primavera. Ainda buscando o vídeo, o bando de policiais executou toda a família de uma das vítimas, Beatriz Papaleo, trucidando inclusive um periquito.

O promotor que faz a denúncia, André Dall'Acqua, informou que essas e outras mortes integram um macabro caixa dois de alguns batalhões da Policia Militar. Nele, os assassinos registram a produção extra de policiais fora de serviço, geralmente pagos pelos traficantes, o que na gíria leva o nome de firma, ou encomenda. Muitas diligências ainda estão sendo realizadas, segundo Dall'Acqua, para identificar outros participantes da Guerra de São Paulo. Ele recusou-se a explicar como conseguiu ter acesso ao vídeo que os assassinos tanto queriam recuperar.

Os moradores de Campo Limpo, em audiência pública, vão se reunir com o promotor Dall'Acqua para cobrar medidas urgentes do poder público em relação às chacinas e extermínio na periferia da cidade.

Oitava chacina ou capítulo oito

- Você, cara, está perdido!
- Canga

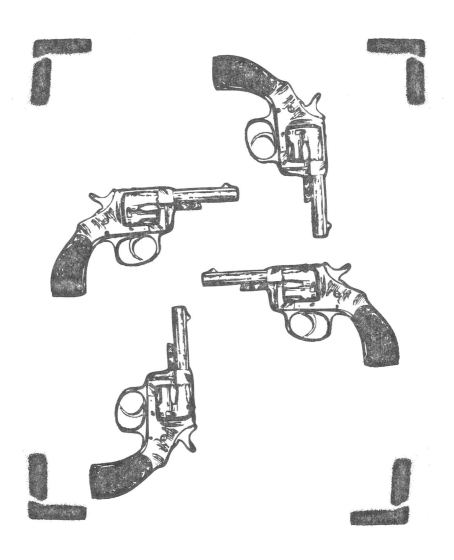

Você, cara, está perdido!

Cara, você está perdido!
Veja só o mundo que estamos deixando para você.
Achou que seria fácil? Engano!
Com palavras melosas compusemos um dia nossos acalantos.
E veja só, verdadeiros eram aqueles monstros.
Tutu Marambá chega hoje encapuzado, de moto,
Só usa calibre 48 e fuzis de assalto.
E se te matam, recolhem as cápsulas
Do que poderia ter sido sua juventude.
Não diga depois que foi por falta de aviso!
Eram armadilhas nossas promessas de um mundo novo!
Que delícia esse *rewind* e *play* de nossa lenga-lenga,
Das lorotas que ainda dizemos hoje, com embargo na voz,
E faça isso e faça aquilo, a vida assim será melhor.
No que dizíamos, perdoe-nos, a custo acreditávamos.
Mas tudo, hoje, em perspectiva, são mentiras.
Ou pedras. Misericórdia ou compaixão fora de lugar.
E aqui, uma vez mais, olho no olho,
Revisamos juntos este mundo novo
Que estamos deixando para você:
Dane-se, cara! Um derradeiro aviso:
Ao partir, por favor, feche a porta e não olhe para trás.

Canga

Ela me disse, vamos!
E a segui sem saber aonde
E então pensei, estranho,
Me paga um dia essa mulher,
Sigo-a que nem boi na canga,
Com ela, aonde ela quer.

Eu disse a ela, vamos!
Ela veio, sem saber aonde.
Sem nada achar de estranho.
Confiei de cara nessa mulher,
Comigo, que nem boi na canga,
Para o que der e vier.

Posfácio

- Direitos Humanos e Aplicação da Lei
- O respeito aos Direitos Humanos dificulta o trabalho da polícia?
- Bibliografia

Direitos Humanos e Aplicação da Lei

O Alto Comissariado de Direitos Humanos das Nações Unidas publicou em 2004 um guia intitulado *Direitos Humanos e Aplicação da Lei*, discutindo as questões dos direitos humanos e práticas policiais, como investigação, detenção, captura, e o uso da força. O que o guia reúne não são opiniões, mas uma teoria e uma prática baseadas em tratados, declarações e princípios, assinados por quase todos os países do mundo, inclusive o Brasil.

O guia começa observando que o policial tem a responsabilidade de agir segundo padrões internacionais em direitos humanos e que, se ele aplica a lei, tem também de respeitá-la. A seguir, discute diversas situações em que um policial civil ou militar se vê envolvido. Explica como ele deve se comportar quando quem está transgredindo a lei é uma criança. Ou em caso de ser ele mesmo, um policial, o transgressor. Discute o comportamento policial durante uma abordagem, por exemplo, ou na invasão de propriedade, com ou sem ordem judicial. E assim por diante.

Às vezes o guia se detém rapidamente sobre pontos importantes da relação entre direitos humanos e aplicação da lei. Abstém-se, porém, de discutir aspectos específicos de seu cumprimento em cada país, pois eles têm de ser buscados no próprio local em que a lei está sendo aplicada. Apenas como exemplo, buscamos no código de conduta proposto na Dinamarca, também baseado no guia das Nações Unidas, a resposta a duas perguntas específicas. Essas duas perguntas e suas respostas estão a seguir, nas próprias palavras do código.

O respeito aos Direitos Humanos dificulta o trabalho da polícia?

A maioria das pessoas já ouviu o argumento de que o respeito pelos direitos humanos é algo que se opõe à efetiva aplicação da lei. E ouviu também que a aplicação efetiva da lei significa capturar o criminoso. E que, para garantir a sua condenação, é necessário esquecer um pouco as regras. A tendência de usar de força excessiva para controlar manifestações públicas ou a pressão física para extrair informações de prisioneiros, ou ainda o uso de força excessiva para garantir uma prisão acontecem com frequência. Segundo esse modo de pensar, a aplicação da lei é uma guerra contra o crime, e os direitos humanos são apenas obstáculos no caminho da polícia, erguidos por advogados e organizações não governamentais.

Na verdade, as violações dos direitos humanos por parte da polícia apenas tornam mais difíceis os desafios para a aplicação da lei. Quando é a própria polícia a infringir a lei, o resultado é um ataque à dignidade humana, à própria lei e às instituições de autoridade pública. As consequências das violações dos direitos humanos por parte da polícia são de muitos tipos:

- Elas abalam a confiança pública;
- elas impedem resultados eficazes em tribunal;
- isolam a polícia da comunidade;
- fazem com que o culpado se veja livre e os inocentes sejam punidos;
- levam as instituições policiais a uma abordagem reativa e não preventiva do crime;
- trazem descrédito à autoridade do poder público;
- e exacerbam a inquietude civil.

O respeito aos direitos humanos ajuda a polícia?

O respeito aos direitos humanos por parte dos organismos de aplicação da lei aumenta a eficácia dessas agências. Onde os direitos humanos são sistematicamente respeitados, os policiais desenvolvem um profissionalismo em suas abordagens para a solução e prevenção da criminalidade e manutenção da ordem pública. Nesse sentido, o respeito pelos direitos humanos por parte da polícia é, além de imperativo moral, legal e ético, também uma exigência prática de aplicação da lei. Quando a imagem da polícia é de respeito, promoção e defesa dos direitos humanos:

• O público passa a confiar na policia, promovendo a cooperação comunitária;

• os processos legais têm mais condições de sucesso nos tribunais;

• a polícia passa a ser vista como parte da comunidade, desempenhando uma função social valiosa;

• a administração da justiça segue seu curso normal e, assim, aumenta a confiança no sistema;

• serve de exemplo para o respeito à lei por parte da sociedade;

• os policiais ficam mais perto da comunidade e, portanto, em posição de prevenir e resolver crimes através de policiamento proativo;

• conseguir o apoio dos meios de comunicação, da comunidade e das autoridades fica mais fácil;

• um passo a mais é dado para a solução pacífica de conflitos e reclamações.

Um serviço de polícia eficaz é aquele que serve como primeira linha de defesa na proteção dos direitos humanos. Seus membros realizam o seu trabalho de uma forma que não depende do medo e da força bruta, mas que, ao contrário, se baseia no respeito à lei, à honra e ao profissionalismo.

Bibliografia

OFFICE OF THE UNITED NATIONS. High Comission for Human Rights. Professional Training series/ Add.3. A Trainer's Guide on Human Rights for the Police – Human Rights and standards and practice for the Police. Expanded pocket book on human rights for the Police. United Nations, Genebra, 2004.

KALAJDZIEV, Gordon, HELLEBRANT, Ranko. Police and human rights. Manual for Police Training. Acessível em http://www.humanrights.dk/files/pdf/Engelsk/International/macedonia.pdf

PDF. Acessado em 4 de fevereiro de 2013.

Visite nossas páginas:

www.facebook.com/galerarecord
www.twiter.com/galerarecord
http://www.galerarecord.com.br/

Este livro foi composto nas tipologias AGBook
Rounded e CityBurn, e impresso em papel offwhite,
no Sistema Cameron da Divisão Gráfica da
Distribuidora Record.